HÉSIODE ÉDITIONS

ARTHUR CONAN DOYLE

La Femme du Physiologiste

Hésiode éditions

© Hésiode éditions.

1 rue Honoré - 93500 Pantin.
ISBN 978-2-38512-149-5
Dépôt légal : Janvier 2023

Impression Books on Demand GmbH

In de Tarpen 42
22848 Norderstedt, Allemagne

La Femme du Physiologiste

I

Le professeur Ainslie Grey n'était pas descendu déjeuner à l'heure ordinaire.

La pendule à carillon, placée sur la cheminée de la salle à manger, entre les bustes de Claude Bernard et de John Hunter, avait sonné la demie, puis les trois quarts.

Maintenant, ses aiguilles dorées se rapprochaient de neuf heures, et le maître de la maison ne donnait pas signe de vie.

C'était un fait sans précédent.

Pendant les douze années qu'elle avait dirigé sa maison, sa plus jeune sœur ne l'avait jamais vu d'une seconde en retard.

Assise en face de la grande cafetière d'argent, elle se demandait si elle devait faire sonner le gong une seconde fois, ou s'il valait mieux attendre en silence.

Des deux façons, elle pouvait se tromper et son frère était un homme qui n'admettait pas les erreurs.

Miss Ainslie Grey était d'une taille plutôt au-dessus de la moyenne.

Mince, le regard inquisiteur, les yeux plissés, avec ces épaules arrondies qui indiquent la femme qui lit beaucoup ; son visage était long et maigre.

Elle avait les pommettes colorées, le front raisonneur, méditatif.

Ses lèvres minces et son menton proéminent marquaient quelque peu l'obstination.

Col et poignets d'un blanc de neige, entièrement vêtue de noir, d'un costume taillé avec presque une simplicité de quakeresse, tout en elle annonçait des goûts un tant soit peu affectés.

Une croix d'ébène pendait sur sa poitrine plate.

Elle se tenait très droite sur sa chaise, écoutant, les sourcils relevés, en balançant son lorgnon du geste nerveux qui lui était particulier.

Soudain, elle fit un mouvement brusque de la tête, et, d'un air satisfait se mit à verser le café.

De l'extérieur arrivait le bruit étouffé d'un pas lourd sur un tapis épais.

La porte s'ouvrit, et le professeur entra d'un pas rapide, nerveux.

Il fit un salut de tête à sa sœur, et, s'asseyant de l'autre côté de la table, il commença à ouvrir la petite pile de lettres déposée près de son assiette.

Le professeur Ainslie Grey avait à cette époque quarante trois ans, presque douze ans de plus que sa sœur.

Sa carrière avait été brillante.

À Édimbourg, à Cambridge et à Vienne, il avait posé les fondements de sa grande réputation, tant en physiologie qu'en zoologie.

Sa brochure sur l'Origine mésoblastique des racines du nerf excito-moteur lui avait valu d'entrer à la Société royale, et ses recherches Sur la nature du Bathybius et quelques remarques sur les litho-cocci, avaient été traduites au moins en trois langues européennes.

Il avait été cité par une des plus grandes autorités existantes comme le type et l'incarnation de l'esprit supérieur qui dominait la science moderne.

Il n'est donc pas étonnant que lorsque la ville commerçante de Birchespool décida de créer une école de médecine, on fut trop heureux de confier la chaire de physiologie à Ainslie Grey.

Les élèves l'estimaient d'autant mieux qu'ils avaient la conviction que sa classe n'était qu'un des échelons de sa marche ascensionnelle, et qu'à la première vacance, il passerait dans quelque autre centre d'enseignement plus renommé.

Physiquement, il ressemblait à sa sœur : mêmes yeux, même taille, même front intelligent et intellectuel.

Ses lèvres, cependant, étaient plus fermes, et sa mâchoire inférieure allongée était plus pointue et plus décidée.

Il la pressait entre son pouce et son index, de temps en temps, à mesure qu'il jetait les yeux sur ses lettres.

– Ces jeunes filles sont bien bruyantes, remarqua-t-il, comme on entendait un bruit de voix à distance.

– C'est Sarah, dit sa sœur. Je lui en parlerai.

Elle lui avait passé sa tasse de café, et elle humait la sienne, regardant furtivement à travers ses paupières étroites la face austère de son frère.

– Le premier grand progrès de la race humaine, dit le professeur, fut lorsque, par le développement de ses circonvolutions frontales gauches, elle acquit le pouvoir de parler. Le second fut lorsqu'elle apprit à commander à ce pouvoir. La femme n'est pas encore arrivée à cette seconde étape.

Il fermait à moitié les yeux en parlant et poussait en avant son menton, mais dès qu'il cessait, il avait le tic d'ouvrir tout grands les deux yeux et de regarder fixement son interlocuteur.

– Je ne suis pas bavarde, John, dit sa sœur.

– Non, Ada, sous beaucoup de rapports vous vous rapprochez du type mâle, supérieur.

Le professeur s'inclina sur son œuf, à la façon de quelqu'un qui vient de faire un compliment ; mais la dame fit la moue et haussa légèrement les épaules d'un geste d'impatience.

– Vous avez été en retard, ce matin, John, dit-elle après un moment de silence.

– Oui, Ada, j'ai mal dormi. Quelque petite congestion cérébrale, due sans doute à un surmenage des centres de la pensée… J'ai eu l'esprit un peu troublé.

Sa sœur le regarda avec étonnement.

L'activité mentale du professeur avait toujours été jusque là aussi régulière que ses habitudes.

Douze années de fréquentation continuelle lui avaient enseigné qu'il vivait dans une atmosphère sereine et légère de calme scientifique, bien au-dessus des petites émotions qui affectent les esprits plus humbles.

– Cela vous étonne, Ada, remarqua-t-il. Eh bien, je le conçois. J'aurais été surpris moi-même si on m'avait dit que j'étais aussi sensible aux influences vasculaires. Car, après tout, tous les troubles sont vasculaires, si vous allez au fond des choses… Je songe à me marier.

— Pas avec Mrs. O'James ? s'écria Ada Grey, déposant sa cuiller à œufs.

— Ma chère, vous avez une qualité féminine de réceptivité remarquablement développée. Mrs. O'James est précisément la dame en question.

— Mais vous la connaissez si peu... Les Esdailes eux-mêmes la connaissent si peu... Elle n'est réellement qu'une connaissance, quoiqu'elle habite les Tilleuls. Ne serait-il pas sage d'en parler à Mrs. Esdailes, John ?

— Je ne crois pas, Ada, que Mrs. Esdailes puisse le moins du monde dire quelque chose qui modifie ma façon d'agir. J'ai beaucoup réfléchi à ce sujet... L'esprit scientifique prend son temps pour arriver aux conclusions, mais une fois qu'il les a formulées, il n'est pas enclin à changer. Le mariage est la condition naturelle de la race humaine. J'ai été comme vous le savez tellement absorbé par des travaux académiques ou autres, que je n'ai pas eu une minute à consacrer aux questions purement personnelles. Maintenant, c'est différent, et je ne vois pas de raison valable pour laisser passer cette occasion de chercher une compagne qui me convienne.

— Et vous êtes fiancé ?...

— Presque, Ada. Je me suis hasardé hier à indiquer à cette dame que j'étais disposé à me soumettre au sort commun de l'humanité. Je vais passer chez elle après mon cours habituel du matin, et je saurai jusqu'à quel point ma proposition lui agrée. Mais vous froncez les sourcils, Ada !

Ada Grey sursauta et fit un effort pour cacher son mécontentement.

Elle bégaya même quelques paroles de félicitations, mais son frère avait surpris son regard, et il était évident qu'il ne l'écoutait pas.

— Certainement, John, dit-elle, je vous souhaite tout le bonheur que vous méritez. Si j'ai hésité, c'est que je sais quel est l'enjeu, et que la chose est si soudaine, si inattendue…

Sa fine main blanche se porta sur la croix noire suspendue sur sa poitrine.

— Ce sont là des moments où nous avons besoin de conseils, John. Si je pouvais vous convaincre de vous tourner vers le Guide spirituel !…

D'un geste dédaigneux de la main, le professeur repoussa la suggestion.

— Il est inutile de rouvrir la question, nous ne pouvons pas discuter là-dessus. Vos hypothèses vont plus loin qu'il ne m'est possible de vous concéder. Je suis obligé de discuter vos prévisions. Nous n'avons pas de base commune.

Sa sœur soupira.

— Vous n'avez pas de foi, dit-elle..

— J'ai foi en ces grandes forces évolutionnistes qui conduisent la race humaine à quelque but ignoré, mais élevé.

— Vous ne croyez en rien.

— Au contraire, ma chère Ada, je crois à la différentiation du protoplasme.

Elle secoua la tête tristement. C'était le seul sujet sur lequel elle se hasardait à discuter l'infaillibilité de son frère.

— Mais ceci est en dehors de la question, remarqua le professeur en pliant sa serviette. Si je ne me trompe, il y a quelque probabilité d'un autre mariage dans la famille, eh, Ada ?... Qu'en dites-vous ?

Ses petits yeux brillèrent malicieusement en regardant sa sœur.

Elle était assise, très droite, et traçait des figures sur la nappe avec la pince à sucre.

– Le Dr. James Mac Murdo O'Brien... continua le professeur d'une voix sonore.

– Taisez-vous, John, taisez-vous ! dit Miss Ada Grey.

– Le Dr. Mac Murdo O'Brien, continua inexorablement son frère, est un homme qui a déjà tracé sa vie dans la science du jour. Il est le premier et le plus distingué de mes élèves. Je vous assure, Ada, que ses Remarques sur les Pigments de la Bile, avec référence spéciale à l'Urobiline, resteront vraisemblablement comme un classique. Il n'est pas exagéré de dire qu'il a révolutionné nos vues sur l'urobiline.

Il se tut, mais sa sœur était assise silencieuse, la tête penchée et les joues rouges.

La petite croix d'ébène montait et descendait, car sa respiration se précipitait. – Le Dr. James Mac Murdo O'Brien a reçu, vous le savez, l'offre de la chaire de physiologie de Melbourne. Il a habité cinq ans l'Australie. Il a devant lui un brillant avenir. Il nous quitte aujourd'hui pour aller à Edimbourg, et dans deux mois il partira pour occuper son nouveau poste. Vous connaissez ses sentiments pour vous. Il dépend de vous qu'il parte seul ou en votre compagnie. À mon sens, je ne puis imaginer de plus haute mission pour une femme cultivée que de traverser la vie dans la société d'un homme capable de recherches semblables à celles que James Mac Murdo O'Brien a su mener à bonne fin.

– Il ne m'a rien dit, murmura la dame.

– Ah ! il y a des signes plus subtils que la parole, dit son frère en secouant la tête. Mais vous êtes pâle. Votre système vasomoteur est excité. Vos artérioles sont contractées. Je vous adjure de vous remettre. Je crois que j'entends la voiture. Je m'imagine que vous allez avoir une visite ce matin, Ada. Excusez-moi,… je suis forcé de partir.

Il jeta un rapide regard sur la pendule et passa dans le salon.

Quelques minutes après, il roulait dans son confortable et silencieux coupé, entre les murs de briques des rues de Birchespool.

II

Son cours terminé, le professeur Ainslie Grey fit une visite à son laboratoire, où il régla plusieurs instruments scientifiques, rédigea une note sur les progrès de trois infusions différentes de bactéries, coupa une demi-douzaine de sections, avec un microtome, et finalement, résolut les difficultés qui arrêtaient sept étudiants qui se livraient à des recherches sur autant de sujets différents.

Ayant ainsi consciencieusement et méthodiquement mené à terme ses obligations routinières, il revint à sa voiture et ordonna au cocher de la conduire aux Tilleuls.

Pendant cette course, son visage était froid et impassible, mais il passait de temps en temps ses doigts sur son menton proéminent, d'un mouvement brusque et saccadé.

Les Tilleuls étaient une maison de style ancien, tapissée de lierre, qui se trouvait autrefois dans la campagne, mais qui était maintenant enclavée dans la longue artère de briques rouges de la cité agrandie.

Elle se trouvait en arrière de l'avenue entourée de son propre terrain.

Un sentier sinueux, bordé de buissons de lauriers, conduisait à l'entrée formée d'un portique en arcades.

À droite, s'étendait une pelouse.

Au fond, à l'ombre d'aubépines, une dame était assise sur une chaise de jardin, un livre à la main.

Au cliquetis de la porte, elle fit un mouvement, et le professeur, l'apercevant, se dirigea vers elle.

– Quoi ! ne voulez-vous pas entrer et voir Mrs. Esdailes ? demanda-t-elle en quittant l'ombrage de l'arbre.

C'était une petite femme très féminine, depuis les abondantes boucles de cheveux aux teintes claires jusqu'aux élégantes pantoufles de jardin qui se laissaient apercevoir sous sa toilette couleur crème.

Elle lui tendit une petite main bien gantée, tandis que de l'autre elle serrait contre elle un gros volume à couverture verte.

Sa décision, ses manières vives, pleines de tact, énonçaient la femme du monde expérimentée, mais son visage avait conservé une expression d'innocence presque enfantine, dans ses grands yeux gris, hardis.

Sa bouche délicate avait une moue moqueuse.

Mrs. O'James était veuve.

Elle atteignait sa trente-deuxième année : aucun de ces deux faits cependant, n'était révélé par l'apparence.

– Vous allez certainement entrer voir Mrs. Esdailes, répéta-t-elle en jetant sur lui un regard où il y avait à la fois du défi et de la caresse.

– Je ne suis pas venu voir Mrs. Esdailes, répondit-il sans abandonner ses manières froides et graves. C'est vous que je suis venu voir.

– J'en suis certainement très honorée, dit-elle avec un très léger accent dans sa prononciation ; que vont devenir les étudiants sans leur professeur ?

– J'ai déjà accompli mes devoirs académiques… Prenez mon bras et promenons-nous au soleil. Certes, je ne m'étonne pas que les peuples orientaux aient fait une divinité du soleil. C'est la grande force bienfaisante de la nature, l'alliée de l'homme contre le froid, la stérilité et tout ce qui lui est odieux. Que lisiez-vous ?

– La Matière et la Vie, de Hale.

Le professeur releva ses sourcils épais.

– Hale ! dit-il.

Puis il répéta à voix basse :

– Hale !

– Vous ne partagez pas ses idées ? demanda-t-elle.

– Ce n'est pas moi qui pense autrement que lui. Je ne suis qu'une monade, une chose sans importance. La tendance toute entière des plus hautes sphères de la pensée moderne lui est opposée. Il défend l'indéfendable. C'est un excellent observateur, mais un faible raisonneur. Je ne puis vous recommander de baser vos conclusions sur Hale.

– Je lirai la Chronique de la Nature pour réagir contre sa pernicieuse influence, dit Mrs. O'James d'un rire doux comme un roucoulement.

La Chronique de la Nature était un des nombreux livres où le professeur Ainslie Grey avait soutenu la doctrine négative de l'agnosticisme scientifique.

– C'est un livre défectueux ; je ne puis le recommander. Je vous renverrais plutôt aux écrits de mes plus anciens et plus éloquents collègues.

Il y eut un moment d'interruption dans leur conversation, tandis qu'ils se promenaient sous le bienfaisant soleil, à travers la pelouse verte veloutée.

– Avez-vous réfléchi un moment, dit-il à la fin, sur le sujet dont je vous ai parlé hier au soir ?

Elle ne répondit rien mais marcha près de lui en détournant son visage.

Elle ne le regardait pas.

– Je ne voudrais pas vous presser plus que je ne dois, continua-t-il. Je sais que c'est un sujet sur lequel on ne peut prendre une décision hâtive. En ce qui me concerne, j'ai dû beaucoup réfléchir avant de me hasarder à vous faire des ouvertures. Je ne suis pas un homme impressionnable, mais en votre présence j'ai conscience du grand instinct évolutionniste qui fait de chaque sexe le complément de l'autre.

– Alors, vous croyez à l'amour ? demanda-t-elle, le regardant dans un clignement de ses yeux.

– J'y suis forcé.

– Et cependant, vous niez l'âme ?

– Jusqu'à quel point ces questions sont d'ordre psychique ou matériel, cela reste encore sub judice, répartit le professeur d'un air tolérant. Le protoplasme peut-être reconnu comme la base physique de l'amour aussi bien que de la vie.

– Comme vous êtes dur, s'exclama-t-elle. Vous voudriez rabaisser l'amour au niveau des choses purement physiques.

– Ou relever ce qui est physique au niveau de l'amour.

– Allons, cela vaut beaucoup mieux, s'écria-t-elle, avec son rire sympathique. Voilà qui est vraiment joli et place la science sous un jour délicieux.

Ses yeux brillaient.

Elle avança le menton avec ce joli air volontaire d'une femme qui se sent maîtresse de la situation.

– J'ai des raisons de croire, reprit le professeur, que ma position ici n'est qu'un premier échelon qui doit me mener à une scène plus vaste d'activité scientifique. Cependant, même ici, ma chaire me rapporte environ quinze cents livres par an, auxquelles s'ajoutent quelques centaines de livres, recette provenant de mes livres. Je suis donc en position de vous donner le confort auquel vous êtes habituée. Voilà pour ma position pécuniaire. Quant, à ma constitution, elle a toujours été excellente. Je n'ai jamais été malade de ma vie, sauf parfois quelques attaques de céphalalgie, résultant d'une stimulation trop prolongée des centres cérébraux. Mon père et ma mère n'avaient aucun signe de diathèse morbide, mais je ne vous cacherai pas que mon grand-père était affligé de podagre.

– Était-ce très grave ? demanda-t-elle.

– C'est la goutte, dit le professeur.

– Oh ! pas plus ? Cela avait l'air de quelque chose de pire.

– C'est un défaut grave, mais j'ai confiance que je ne serais pas victime de l'atavisme. Je vous ai exposé ces faits parce que ce sont des facteurs qui ne peuvent être négligés pour prendre votre décision… Puis-je vous demander si vous êtes disposée à accepter ma proposition ?

Il interrompit sa marche et la regarda attentivement, attendant sa décision :

Il était évident qu'une lutte se livrait dans son esprit.

Elle regardait à terre.

Sa petite pantoufle battait le gazon.

Ses doigts jouaient nerveusement avec sa châtelaine.

Soudain, d'un geste brusque, rapide, qui portait en lui quelque abandon et quelque indifférence, elle tendit la main à son compagnon.

– J'accepte, dit-elle.

Ils s'étaient arrêtés à l'ombre de l'aubépine.

Il s'inclina gravement et baisa ses doigts gantés.

– Je suis certain que vous ne regretterez jamais votre décision, dit-il.

– J'ai confiance que vous ne la regretterez pas non plus, dit-elle.

Et sa poitrine se souleva.

Ses lèvres se crispaient en une forte émotion.

– Venez de nouveau au soleil, dit-il. C'est un grand réparateur. Vos nerfs sont secoués… quelque petite congestion de la moëlle. Il est toujours instructif de ramener les conditions émotives ou psychiques à leurs équivalents physiques. Vous sentez que votre ancre est solidement fixée sur un fond de faits certains.

– Mais, c'est si atrocement anti-romantique, dit Mrs. O'James avec un clignement d'yeux habituel.

– Le roman est le produit de l'imagination et de l'ignorance. Là où la science jette sa lumière calme et claire, il n'y a heureusement pas place pour le roman.

– Mais l'amour n'est-il pas un roman ? demanda-t-elle.

– Pas du tout. L'amour a été enlevé aux poètes et ramené au domaine de la science pure. C'est une des grandes forces cosmiques élémentaires. Lorsque l'atome d'hydrogène attire à lui l'atome de chlore pour former la molécule parfaite d'acide chlorhydrique, la force qu'il exerce peut être intrinsèquement similaire à celle qui m'attire vers vous. L'attraction et la répulsion paraissent être les forces primaires. Ceci, c'est l'attraction.

– Et voici la répulsion, dit Mrs. O'James, tandis qu'une forte dame, fleurie, s'avançait à travers le gazon dans leur direction… Je suis enchantée que vous veniez, Mrs. Esdailes… Voici le professeur Grey.

– Comment vous portez-vous, docteur ? dit la dame avec des façons un peu pompeuses. Vous avez bien fait de rester dehors par une si belle journée. N'est-ce pas exquis ?

– C'est certainement un très beau temps, répondit le professeur.

– Écoutez le vent qui soupire à travers les arbres, s'écria Mrs. Esdailes levant le doigt. C'est la chanson de la nature. Ne croiriez-vous pas, professeur Grey, entendre le murmure des anges ?

– Cette idée ne m'est pas venue, madame.

– Ah ! professeur, j'ai toujours le même reproche à vous faire. Une absence de rapports avec les plus profondes significations de la nature. Comment dirai-je ? Une absence d'imagination. N'éprouvez-vous pas un frissonnement de plaisir à entendre le chant de cette grive ?

– J'avoue que je n'en éprouve aucun, Mrs. Esdailes.

– Ou devant la teinte délicate de ce feuillage. Voyez quel riche vert…

– De la chlorophylle, murmura le professeur.

– La science est si désespérément prosaïque. Elle dissèque et étiquette. Elle perd de vue les grandes choses en se fixant sur les petites. Vous avez une mauvaise opinion de l'intelligence des femmes, professeur Grey. Je crois vous l'avoir entendu dire.

– C'est une question grave, dit le professeur, fermant les yeux et haussant les épaules. En moyenne, le cerveau de la femme pèse deux onces de moins que celui de l'homme. Il y a sans doute des exceptions. La nature est toujours élastique.

– Mais les choses les plus lourdes ne sont pas toujours les plus fortes, répliqua Mrs. O'James en riant. N'y a-t-il pas une loi de compensation dans la science ? Ne pouvons-nous espérer regagner en qualité ce qui nous manque en quantité ?

– Je ne crois pas, remarqua gravement le professeur. Mais voici le gong de votre lunch… Non, merci, Mrs. Esdailes, je ne puis rester. Ma voiture m'attend. Au revoir ! Au revoir, Mrs. O'James.

Il souleva son chapeau et chemina lentement au milieu des buissons de lauriers.

– Il n'a pas de goût, dit Mrs. Esdailes, pas d'yeux pour la beauté.

– Au contraire, répondit Mrs. O'James avec un petit geste pétulant de son menton. Il vient de me demander d'être sa femme.

III

Comme le professeur Ainslie Grey montait les marches de sa maison, la porte d'entrée s'ouvrit, et un petit homme vif en sortit brusquement.

Sa figure était un peu jaune, ses yeux noirs, ronds.

Sa barbe noire, courte, lui donnait l'air agressif.

La méditation et le travail avaient laissé leurs traces sur son visage, mais il se mouvait avec la vivacité d'un homme qui n'a pas encore dit adieu à sa jeunesse.

– Je suis en veine de chance, cria-t-il, j'avais besoin de vous voir.

– Alors, venez à ma bibliothèque, dit le professeur. Vous resterez déjeuner avec nous.

Les deux hommes pénétrèrent dans la salle, et le professeur se dirigea vers son sanctuaire.

Il offrit un fauteuil à son visiteur.

– Je suis certain que vous avez réussi, O'Brien, dit-il. Je n'aurais pas voulu exercer une pression quelconque sur ma sœur Ada, mais je lui ai fait comprendre qu'il n'y a personne que je préférerais comme beau-frère à mon plus brillant élève, l'auteur de Quelques Remarques sur les Pigments de la Bile, avec référence spéciale à l'Urobiline.

– Vous êtes bien bon, professeur Grey. Vous avez toujours été bien bon, dit l'autre. J'ai causé sur ce sujet avec Miss Grey, et elle n'a pas dit non.

– Alors, elle a dit oui ?

– Non, elle m'a proposé d'attendre mon retour d'Edimbourg. Je pars aujourd'hui, comme vous le savez, et j'espère commencer mes recherches demain.

– Sur l'anatomie comparative de l'appendice vermiforme, par James Mac Murdo O'Brien, dit le professeur d'une voix sonore. C'est un beau sujet qui touche à la racine même de la philosophie évolutionniste.

– Ah ! c'est la plus charmante des jeunes filles, s'écria O'Brien dans un petit accès soudain d'enthousiasme celtique. Elle est l'âme de la vérité et l'honneur.

– L'appendice vermiforme,… commença le professeur.

– C'est un ange descendu du ciel, interrompit l'autre. Je crains cependant que ma façon de défendre la liberté scientifique contre la pensée religieuse ne se mette sur mon chemin avec elle.

— Vous ne pouvez pas céder sur ce point, vous devez rester fidèle à vos convictions. Il ne peut y avoir de compromis là-dessus :

— Ma raison est fidèle à l'agnosticisme, et cependant j'ai conscience d'un vide, d'un vacuum. J'ai eu, moi, les regrets de la vieille église, entre l'odeur de l'encens et les grondements de l'orgue, comme je ne les ai jamais éprouvés ni au laboratoire ni à la bibliothèque.

— Sensuels, purement sensuels, dit le professeur, en se frottant le menton. Vagues tendances héréditaires qui reprennent vie par la stimulation des nerfs olfactifs et auditifs.

— C'est peut-être cela, peut-être, répondit pensivement le plus jeune des deux hommes. Mais ce n'est pas de cela que je désirais vous parler. Avant que je n'entre dans votre famille, votre sœur et vous avez le droit de savoir tout ce que je puis vous dire sur ma carrière. Mes visées d'avenir, je vous en ai déjà parlé. Il n'y a qu'un point que j'ai omis de mentionner. Je suis veuf.

Le professeur leva les sourcils.

— Certes, c'est là une nouvelle, dit-il.

— Je me suis marié peu de temps après mon arrivée en Australie. Elle s'appelait Mrs. Thurston. Je la rencontrai dans la société. Ce fut une union des plus malheureuses !

Il paraissait éprouver une émotion pénible.

Ses traits expressifs tremblaient.

Ses mains blanches serraient les bras du fauteuil.

Le professeur tourna la tête du côté de la fenêtre.

– Vous êtes le meilleur juge, remarqua-t-il, mais je ne crois pas qu'il soit nécessaire d'entrer dans les détails.

– Vous avez le droit de tout savoir, vous et Miss Grey. C'est un sujet dont je ne puis l'entretenir directement. La pauvre Jinny était la meilleure des femmes, mais elle était accessible à la flatterie et susceptible de se laisser entraîner par des intrigants. Elle m'a été infidèle, Grey. Il est pénible de dire cela d'une morte, mais elle me fut infidèle. Elle s'enfuit à Auckland avec un homme qu'elle avait connu avant mon mariage. Le brick qui l'emportait sombra, et pas une âme ne fut sauvée.

– Ceci est très pénible, O'Brien, dit le professeur avec un geste suppliant de la main. Mais je ne vois pas en quoi cela peut affecter vos relations avec ma sœur.

– J'ai soulagé ma conscience, dit O'Brien, se levant de sa chaise. Je vous ai dit tout ce que j'avais à vous dire ; je n'aurais pas aimé que cette histoire vous fut contée par d'autres lèvres que par les miennes.

– Vous avez raison, O'Brien. Votre action a été des plus honorables et considérées. Mais vous n'êtes pas à blâmer sur ce sujet, sauf peut-être que vous avez montré trop de précipitation à choisir la compagne de votre vie, sans les précautions et les renseignements indispensables.

O'Brien mit sa main sur ses yeux.

– Pauvre fille ! s'écria-t-il. Dieu me pardonne, je l'aime encore. Mais il me faut m'en aller.

– Voulez-vous déjeuner avec nous ?

– Non, professeur. J'ai encore à préparer mes bagages. J'ai déjà dit adieu à Miss Grey. Dans deux mois, je vous reverrai.

– Vous me retrouverez probablement marié.

– Marié ?

– Oui, j'y songe.

– Mon cher professeur, laissez-moi vous féliciter de tout mon cœur. Je ne m'en doutais pas. Quelle est la dame ?

– Mrs. O'James est son nom. C'est une veuve et votre compatriote… Mais, pour revenir aux choses sérieuses, je serais très heureux de voir les épreuves de votre livre sur l'appendice vermiforme. Je pourrai peut-être vous fournir des matériaux pour une ou deux notes.

– Votre aide me sera d'une grande valeur, dit O'Brien avec enthousiasme…

Et les deux hommes se séparèrent.

Le professeur retourna à la salle à manger où sa sœur était déjà assise à la table du lunch.

– Je vais me marier civilement, remarqua-t-il, et je vous recommande fortement d'en faire autant.

IV

Le professeur Ainslie Grey était homme de parole.

Quinze jours d'interruption de ses cours lui fournissaient une trop bonne occasion pour la laisser passer.

Mrs. O'James était orpheline, sans parents, et presque sans amis dans le pays.

Rien ne s'opposait à un prompt mariage.

Ils se marièrent d'un commun accord, de la manière la plus simple possible, et partirent ensemble pour Cambridge, où le professeur et sa charmante femme assistèrent à plusieurs séances académiques et varièrent la routine de leur lune de miel par des visites aux laboratoires biologiques et aux bibliothèques médicales.

Les amis scientifiques félicitèrent chaudement Ainslie Grey non seulement de la beauté de Mrs. Grey, mais de la vivacité et de l'intelligence peu ordinaires qu'elle montrait dans la discussion des questions physiologiques.

Le professeur lui-même, était surpris de l'exactitude de ses connaissances.

– Pour une femme, Jinny, vous avez des connaissances remarquables, remarqua-t-il en plus d'une occasion.

Il était même disposé à croire que son cerveau avait le poids normal.

Par un matin de brouillard et de pluie fine, ils revinrent à Birchespool, car le lendemain les cours rouvraient, et le professeur Ainslie Grey se vantait de n'avoir jamais une fois de sa vie manqué de paraître a son cours à l'heure exacte.

Miss Ada Grey les accueillit avec une cordialité contrainte et remit les clefs de l'office à la nouvelle maîtresse.

Mrs. Grey la pressa vivement de rester, mais elle expliqua qu'elle avait déjà accepté une invitation qui l'engageait pour plusieurs semaines.

Le même soir, elle partit pour le sud de l'Angleterre.

V

Deux jours après, la servante apporta une carte, juste après le déjeuner, dans la bibliothèque où le professeur était assis, revisant sa leçon du matin.

Elle annonçait le retour de James Mac Murdo O'Brien.

L'entrevue fut des plus joyeuses de la part du jeune homme, et froidement correcte de la part du professeur plus âgé.

– Vous voyez qu'il y a eu du changement, dit le professeur.

– C'est ce que j'ai appris. Miss Grey m'en a parlé dans ses lettres, et j'en ai lu la nouvelle dans la British Medical Journal. Ainsi vous êtes donc vraiment marié. Comme vous avez mené tout cela tranquillement et rapidement !

– Je suis par tempérament opposé à tout ce qui est apparat et cérémonie. Ma femme est une femme sensée, je vais même jusqu'à dire, que pour une femme elle est anormalement sensée. Elle a été complètement d'accord avec moi sur la manière dont j'ai agi.

– Et vos recherches sur la Valisneria ?

– Cet incident matrimonial les a interrompues mais j'ai repris mes cours, et me voilà de nouveau tout à fait sous le harnais.

– Il faut que je voie Miss Grey avant que je quitte l'Angleterre. Nous avons été en correspondance et je crois que tout ira bien. Elle partira avec moi. Je crois que je ne pourrais pas partir sans elle.

Le professeur secoua la tête.

– Votre nature n'est pas aussi faible que vous le prétendez, dit-il. Les questions de ce genre sont, après tout, subordonnées aux grands devoirs de la vie.

O'Brien sourit.

– Vous voudriez me voir perdre mon âme celtique et la remplacer par une âme saxonne, dit-il. Ou mon cerveau est trop petit ou mon cœur est trop grand. Mais quand et où pourrai-je présenter les respects à Mrs. Grey ? Sera-t-elle ici cet après-midi ?

– Elle est ici en ce moment. Passez au petit salon. Elle sera heureuse de faire votre connaissance.

Ils traversèrent la salle pavée de linoléum.

Le professeur ouvrit la porte du salon et y entra, suivi de son ami.

Mrs. Grey était assise sur une chaise d'osier près de la fenêtre, légère et féerique dans une simple toilette rose du matin.

Voyant un visiteur, elle se leva et s'avança vers lui.

Le professeur entendit un bruit sourd derrière lui.

O'Brien était tombé sur une chaise et se pressait la poitrine de ses mains.

– Jinny ! cria-t-il convulsivement, Jinny !

Mrs. Grey s'arrêta net, et le regarda d'un visage d'où toute autre expression avait disparu pour ne laisser place qu'à l'étonnement et à l'horreur.

Alors, aspirant l'air comme si elle étouffait, elle recula et serait tombée si le professeur n'avait passé autour de sa taille un bras long et nerveux.

– Mettez-vous sur ce sofa, dit-il.

Elle s'effondra parmi les coussins, le visage froid, blême, comme mort.

Le professeur resta debout, le dos tourné à la cheminée vide, et les regarda tous deux.

– Ainsi, O'Brien, dit-il enfin, vous avez maintenant fait la connaissance de ma femme.

– Votre femme ? cria son ami d'une voix rauque. Elle n'est pas votre femme. Dieu me pardonne, c'est la mienne !

Le professeur se tenait raide, debout sur le tapis du foyer.

Ses doigts longs et minces étaient entrecroisés.

Sa tête s'était penchée un peu en avant.

Les deux compagnons n'avaient d'yeux que l'un pour l'autre.

– Jinny ! dit-il.

– James !

– Comment avez-vous pu me laisser ainsi, Jinny ? Comment avez-vous eu le cœur de faire cela ? Je vous croyais morte. J'ai pleuré votre mort, hélas ! et vous m'avez fait vous pleurer vivante ! Vous avez perdu ma vie !...

Elle ne répondit pas, mais resta étendue sur les coussins, les yeux fixés sur lui.

– Pourquoi ne parlez-vous pas ?

– Parce que vous avez raison, James. Je vous ai traité cruellement, honteusement. Mais pas aussi mal que vous le supposez.

– Vous êtes partie avec de Horta.

– Non, je ne suis pas partie. Au dernier moment, ma bonne nature l'a emporté. Il est parti seul. Mais j'ai eu honte de revenir après ce que je vous avais écrit. Je ne pouvais plus vous regarder en face. Je me suis embarquée seule pour l'Angleterre et depuis lors, j'ai toujours vécu ici. Il me semblait que je recommençais une nouvelle vie. J'ai su que vous me croyiez noyée. Qui aurait songé que le destin nous ramènerait l'un vers l'autre ! Lorsque le professeur me demanda...

Elle s'arrêta pour reprendre haleine.

– Vous êtes fatiguée, dit le professeur, mettez votre tête basse... Cela aide la circulation cérébrale.

Il aplatit le coussin.

– Je regrette de vous quitter, O'Brien, mais j'ai des devoirs à remplir, mon cours... Je vous retrouverai peut-être ici à mon retour ?

Le visage farouche, rigide, il sortit de la pièce.

Aucun des trois cents étudiants qui écoutèrent sa leçon ne remarqua de changement dans ses manières ou son apparence.

Aucun n'aurait pu deviner que l'austère gentleman qu'ils avaient devant eux s'apercevait, enfin, combien il est difficile de s'élever au-dessus de son humanité.

Le cours terminé, il accomplit ses devoirs ordinaires au laboratoire et reprit sa voiture pour regagner son logis.

Il n'entra pas par la porte principale, mais traversa le jardin et se rendit au passage vitré qui conduisait au petit salon.

En approchant, il entendit la voix de sa femme et celle d'O'Brien engagés en une conversation à haute voix et animée.

Il s'arrêta au milieu des buissons de rosiers, se demandant s'il devait les interrompre ou non.

Rien n'était plus contraire à sa nature que de jouer le rôle d'écouteur aux portes. Mais tandis qu'il était arrêté, hésitant, des paroles frappèrent ses oreilles, qui le maintinrent raide, immobile.

– Vous êtes encore ma femme, Jinny, dit O'Brien. Je vous pardonne du fond de mon cœur. Je vous aime et je n'ai jamais cessé de vous aimer, quoique vous m'ayez oublié…

– Non, James, mon cœur était toujours à Melbourne. J'ai toujours été à vous. J'ai pensé qu'il valait mieux pour vous que vous me croyiez morte.

– Il vous faut choisir entre nous, Jinny. Si vous vous décidez à rester ici, je ne desserrerai pas les lèvres. Il n'y aura pas de scandale. Si, d'un autre côté, vous venez avec moi, je me soucie peu de l'opinion du monde. Je suis peut-être à blâmer autant que vous. Je pensais trop à mon travail et pas assez à ma femme.

Le professeur entendit le petit rire cascadant, roucoulant qu'il connaissait si bien.

– Je partirai avec vous, James, dit-elle.

– Et le professeur ?

– Le pauvre professeur ! Il n'y songera guère, James... Il n'a pas de cœur.

– Il faut lui faire connaître notre résolution.

VI

– C'est inutile, dit le professeur Ainslie Grey, ouvrant la porte et entrant. J'ai entendu la dernière partie de votre conversation. Je n'ai pas voulu vous interrompre avant que vous ne fussiez arrivés à une conclusion.

O'Brien allongea la main et prit celle de sa femme.

Ils étaient debout tous deux, leur visage éclairé par le soleil.

Le professeur demeura près de la porte, les mains derrière le dos.

Sa longue ombre noire tombait entre eux.

– Vous avez pris une sage décision, dit-il. Partez ensemble pour l'Australie, et effacez de votre existence ce qui s'est passé.

– Mais vous, vous... bégaya O'Brien.

Le professeur fit un geste de la main.

– Ne vous préoccupez jamais de moi, dit-il.

La femme pleurait.

– Que puis-je dire ou faire, gémissait-elle. Comment aurais-je pu prévoir cela ? J'ai cru que mon ancienne vie était morte. Mais elle est revenue avec toutes ses espérances et tous ses désirs. Que puis-je vous dire, Ainslie. J'ai apporté la honte et le malheur à un digne homme. J'ai gâché votre vie. Comme vous devez me haïr et me maudire ! Je voudrais que Dieu ne m'eut jamais mise au monde !

– Je ne vous hais ni ne vous maudis, Jinny, dit le professeur doucement. Vous avez tort de regretter votre naissance, car vous avez une digne mission devant vous, si vous facilitez la vie de travail d'un homme qui s'est montré capable dans les recherches scientifiques de l'ordre le plus élevé. Je ne puis avec justice vous blâmer personnellement de ce qui est arrivé. Jusqu'à quel point la monade individuelle peut-elle être rendue responsable des tendances héréditaires enracinées en elle ? C'est une question sur laquelle la science n'a pas encore dit son dernier mot.

Il était debout, les bouts des doigts les uns contre les autres, le corps penché, comme quelqu'un qui expose un sujet difficile et impersonnel.

O'Brien s'était avancé pour dire quelque chose, mais l'attitude de l'autre et sa manière glacèrent les paroles sur ses lèvres.

La condoléance ou la sympathie seraient une impertinence pour celui qui pouvait si facilement noyer ses chagrins privés dans les profondeurs des questions de philosophie abstraite.

– Il est inutile de prolonger la situation, continua le professeur sur le même ton mesuré. Mon coupé est à la porte. Je vous prie de vous en servir comme de votre bien. Il serait peut-être bien que vous quittiez la ville sans retards inutiles. Vos effets, Jeannette, vous seront expédiés.

O'Brien, la tête basse, hésitait.

– J'ose à peine vous tendre la main, dit-il.

– Au contraire ; je pense que de nous trois, c'est vous qui vous tirez le mieux de cette affaire. Il n'y a rien dont vous puissiez rougir.

– Votre sœur ?…

– Je lui exposerai les choses sous leur vrai jour. Adieu ! Envoyez-moi un exemplaire de vos nouvelles recherches… Adieu, Jeannette, adieu !

Leurs mains se joignirent, et, pendant une seconde, leurs regards.

VII

Ce ne fut qu'un coup d'œil, mais pour la première et dernière fois, l'intuition de la femme pénétra comme une lumière dans les ténèbres de l'âme d'un homme fort.

Elle eut un petit sanglot, et son autre main s'appuya un instant blanche et légère comme un duvet, sur l'épaule d'O'Brien.

– James ! James ! s'écria-t-elle, vous ne voyez pas qu'il est frappé au cœur ?

Il l'éloigna doucement du professeur.

– Je ne suis pas un homme impressionnable, dit-il. J'ai mes devoirs à remplir, mes recherches à faire sur la Valisneria. Le coupé est prêt. Votre pardessus est dans l'antichambre. Dites à John où vous désirez qu'il vous conduise. Il vous apportera tout ce dont vous aurez besoin. Maintenant, allez-vous en !

Ces derniers mots furent dits d'une façon si soudaine, si violente, en tel contraste avec sa voix mesurée et son visage impassible, que tous deux reculèrent et s'éloignèrent.

Le professeur Grey ferma la porte derrière eux et marcha lentement en long et en large dans la pièce.

Il passa ensuite dans la bibliothèque et regarda à travers les persiennes.

La voiture s'éloignait.

Il jeta un dernier regard sur la femme qui avait été son épouse.

Il aperçut sa tête penchée en une attitude féminine, la courbe de sa belle gorge…

Sous quelque impulsion folle, sans but, il fit quelques pas rapides vers la porte.

Puis, se retournant et se jetant dans son fauteuil de travail, il se remit à ses études…

VIII

Il y eut peu de scandale au sujet de ce singulier incident domestique.

Le professeur n'avait que de rares amis personnels et allait seulement à de longs intervalles dans le monde.

Son mariage s'était fait si tranquillement que la plupart de ses collègues n'avaient pas cessé de le considérer comme un célibataire.

Mrs. Esdailes et quelques autres personnes auraient pu parler, mais leur champ de bavardages était limité, car elles ne pouvaient que vaguement deviner la cause de cette séparation soudaine.

Le professeur était aussi ponctuel qu'à l'ordinaire à ses cours, et aussi zélé à s'occuper des travaux de laboratoire de ceux qui étudiaient sous sa direction.

Ses propres recherches furent poussées avec une énergie fébrile.

Ce n'était pas une chose extraordinaire pour ses serviteurs, lorsqu'ils descendaient le matin, d'entendre le crissement de sa plume infatigable sur le papier, ou de le rencontrer dans son escalier, montant à sa chambre, grisonnant et silencieux.

En vain, ses amis lui affirmaient-ils qu'une telle vie allait ruiner sa santé.

Il augmenta ses heures de travail jusqu'à ce que la nuit et le jour ne fussent plus qu'une longue tâche ininterrompue.

Graduellement, sous cette discipline, un changement s'opéra dans ses traits.

Toujours maigres, ils devinrent plus aigus, plus prononcés.

Il y avait des rides profondes près de ses tempes et en travers de son front.

Ses joues s'enfoncèrent et son teint pâlit.

Ses genoux pliaient sous lui lorsqu'il marchait.

Une fois, comme il sortait de sa classe, il tomba et on dut le porter à sa voiture.

C'était précisément à la fin de l'année scolaire.

Peu de temps après commençaient les vacances.

Les professeurs qui restaient encore à Birchespool furent surpris d'apprendre que leur collègue de la chaire de physiologie était tombé si bas, qu'on n'espérait plus son rétablissement.

Deux médecins éminents avaient examiné son cas sans pouvoir donner un nom à l'affection dont il souffrait.

Le seul symptôme visible était une diminution rapide de la vitalité, une faiblesse du corps qui laissait l'esprit intact.

Il s'intéressait beaucoup lui-même à son propre cas, et rédigea des notes sur ses sensations subjectives pour aider à la diagnose.

Quand il approcha de sa fin, il parla sur son ton ordinaire, froid et un peu pédant.

– C'est l'assertion, dit-il, de la liberté de la cellule individuelle, en opposition à la cellule commune. C'est la dissolution d'une société coopérative… La marche en est d'un grand intérêt.

Et ainsi, par une matinée grise, sa société coopérative fut dissoute.

Très tranquillement, très doucement, il entra dans le sommeil éternel.

Ses deux médecins éprouvèrent un léger embarras lorsqu'ils durent rédiger son certificat.

– Il est difficile de trouver un nom, dit l'un.

– Très difficile, dit l'autre.

– S'il n'avait été un homme aussi dénué de sensibilité, j'aurais dit qu'il est mort de quelque choc nerveux soudain, en fait, de ce que le vulgaire appelle un « cœur brisé ».

– Je ne crois pas que le pauvre Grey fut le moins du monde un homme de ce genre...

– Disons donc cardiaque, dit l'autre médecin.

Et c'est ce qu'ils firent...